TENTAÇÃO DO NORTE

Manuel Alegre

TENTAÇÃO DO NORTE

Novela

Título: *Tentação do Norte*
© 2021, Manuel Alegre e Publicações Dom Quixote
Edição: Cecília Andrade
Revisão: Sandra Mendes

Este livro foi composto em Adobe Garamond
Design e ilustração da capa: Rui Garrido
Fotografia do autor: © Luiz Carvalho
Paginação: Leya, S.A.
Impressão e acabamento: Guide

1.ª edição: Outubro de 2021
ISBN: 978-972-20-7333-2
Depósito legal n.º 486 432/21

Publicações Dom Quixote
Uma editora do Grupo Leya
Rua Cidade de Córdova, n.º 2
2610-038 Alfragide • Portugal
www.leya.com

Reservados todos os direitos de acordo com a legislação em vigor.
Este livro segue a ortografia anterior ao Novo Acordo.

1.

Sinto uma necessidade urgente de partir para o Norte. É estranho, tive, desde sempre, a tentação do Sul, uma irremediável saudade de tudo o que fica no Sul, se não mesmo no sul do Sul. Mas hoje acordei com a incontida pulsão de partir para o Norte. Como se tudo dependesse dessa partida, ou viagem, ou busca, seja lá o que for. E sem ao certo saber porquê nem de quê. Sei que algo de insubstituível está lá. Talvez um pouco de mim. Talvez uma casa há muito abandonada. Talvez alguém. E é o que mais me custa verbalizar, alguém. Mas quem? Será que sei e tento fazer de conta que não sei? Alguém que tenho trazido sempre escondido dentro de mim e que procurei no Sul sabendo há muito que se perdeu no Norte? Deixar tudo para trás. Uma vez mais. Mas em sentido contrário. Nem sequer é preciso fazer a mala, sei agora que um dia aconteceria assim, um apelo do Norte, um murmúrio a chamar-me no meio da neblina, um rumor que é por certo o rumor do mar nas praias muito ao Norte, uma lâmina no plexo solar, sinal do que irremediavelmente se perdeu e, no entanto, ainda se espera, ainda pode lá estar, ainda és tu.

2.

Naquele dia não foi a tentação do Sul que me levou. Foi a ameaça de prisão ou de morte. Estava na lista para ser abatido, fui avisado no último momento, sem tempo para nada senão partir, fugir, desaparecer. Sei que me esperavas algures ao longo da praia, pelo menos é essa a imagem que tenho na imaginação, sei que lá estavas e me querias e o nosso amor só poderia ter acontecido ali, nem que fosse por uma só manhã de neblina naquela praia ao Norte, uma praia que passou a ser uma metáfora de metáfora, uma clandestinidade dentro da clandestinidade, uma imagem avistada da estrada onde, de súbito, um carro parou ao pé de mim e alguém disse:

– Vamos, senão eles matam-te.
Passei a vida a pensar que devia ter ficado, mesmo arriscando uma bala no corpo. Não valia a pena ter corrido o risco se, no meio da neblina, naquela praia do Norte, estava tudo o que eu queria, o corpo que me faltava, o outro lado da minha alma? É certo que, na altura, não puderam disparar sobre mim, mas de certo modo ficou sempre esta ferida por dentro, disfarçada e escondida, uma vida com um grande vazio dentro de mim. Antes um tiro, é o que penso hoje. Talvez escapasse, talvez pudesse recomeçar. Mas o carro levou-me, de nada valeu o Sul, sequer o sul do Sul, a minha vida era alguém que me esperava no meio da neblina e uma praia do Norte que, naquela manhã, era o próprio Norte, se não mesmo o norte do Norte.
Por isso andei sempre com a geografia e os pontos cardeais do avesso. A tentação do Sul dentro de mim. Até que, de súbito, este impulso a que não vou resistir: partir para o Norte.

Tenho de saber se ainda lá estás, se ainda lá estou, porque é de aí que sou, desse areal perdido no meio da neblina, desse rumor de mar, desse amor de tudo ou nada, naquela manhã onde, ao perder-te, perdi mais do que perder-te, perdi o sentido até de reencontrar, no meio da neblina, o outro lado do Sul, metade de mim mesmo, ao Norte, tu.

3.

Às vezes acordo comigo ao meu lado. Apalpo para ver se estou vivo. Pergunto quem e oiço a resposta com a minha própria voz:
– Sou eu, quem havia de ser?
Eu mesmo, ao meu lado. Ou dentro, a resvalar para a direita, que é para onde durmo. Começou depois daquela tentativa de me matarem (foi o que disseram) numa praia ao Norte onde acabei por não me encontrar com ela, quero dizer contigo, não sei sequer se aconteceu nem o que se passou, alguém sabia, talvez a secreta espanhola, talvez a PIDE, quem sabe se a própria ETA, acordo comigo ao meu lado, suspeito nem ao certo sei de quê, se de ajudar o grupo terrorista escondido perto

da praia ao Norte, se de avisar antifranquistas espanhóis que eles estão cá, não fiz uma coisa nem outra, só queria encontrar-me contigo. A menos que seja a ti que eles procuram, mas porquê? Sei que há um galego chamado Santiago apaixonado por ti, diz-se descendente dos Suevos e passa a vida a falar da independência da Galiza, quem sabe se tem contactos com a ETA. Que tens tu a ver com tudo isto? Ou será algo que vem daquela avó de Santander por quem o teu avô se apaixonou durante umas férias em Hossegor? Casou--se e trouxe-a para cá. Afinal também tens sangue basco. Com a tua avó veio o Partido Nacionalista, a ETA, o Batasuna, agora estes tipos que andam por aí a ver se me apanham, a menos que sejam os do governo a usarem-me como isco para os liquidarem. Eu só queria encontrar-me contigo numa praia batida pelo vento, onde cheira a maresia e, na maré baixa, podem ver-se as rochas coroadas de espuma. Pura imagem do Norte: a praia e tu, com os teus cabelos soltos, teus olhos da cor do mar em dia de tempestade, nem azuis nem verdes, cinzentos como é talvez a cor do vento norte, não consigo sair de aí, ainda que, para já, refugiado em Arzila, onde tenho a sensação de ter desembarcado em outro tempo, ando sempre com a história atravessada algures em mim. Aqui o Atlântico é mais azul, mas tu não estás neste areal onde outrora desembarcaram reis e príncipes.

4.

Pergunto-me por que razão marcaste o encontro naquele dia e naquela praia, porquê tudo tão secreto e clandestino como se fosse proibido? E porquê aquele carro e aquele aviso: *Vamos, senão eles matam-te?* Eles quem? Por mais que perguntasse não disseram. Ou não sabiam ou não quiseram. Ou então eram eles próprios os matadores. Os dois da frente eram portugueses, atrás, o da minha esquerda não abriu a boca, o da direita era espanhol, falava castelhano, mas podia ser galego ou basco ou o raio que o parta.

– Afinal quem são vocês?

– Os que te vão salvar o coiro – respondeu o condutor.

Disse-lhes que tinha alguém à minha espera naquela praia do Norte.

– Estamos a fazer isto por ti e por ela – disseram os dois da frente.

– Vocês são da ETA?

– *Puta madre* – resmungou o da minha direita.

O outro sempre calado.

Perto do Porto, acabei por perguntar:

– Será que vocês são da polícia?

– *Kiss my ass* – grunhiu o que até então nada dizia.

Lembro-me de termos parado num *snack-bar* em Matosinhos, onde comemos uns pregos e bebi um café. Quando acordei já íamos no alto-mar.

– Vocês ou são da ETA ou são da CIA.

– *Fuck you* – gritou o que afinal não era mudo.

E foi então que acordei comigo ao meu lado.

5.

Eu vinha do Sul trazendo a irremediável tentação do Norte por uma mulher, ou talvez até só pela sua imagem, para um encontro que não chegou a realizar-se naquela praia entre praias. É difícil saber o que aconteceu. O que são factos e ficção. Eu escrevo. A caneta segue o seu próprio percurso. Talvez aquele amor e aqueles tipos não fossem mais do que o símbolo e os agentes de todos os poderes contra a ameaça do amor absoluto, uma mulher e um homem numa praia do Norte, liberdade suprema, subversiva de tão total, maior ainda porque secreta, clandestina, nenhuma ordem aguenta um amor assim, sem casa, só praia, só alma, vento e mar.

Por isso eles gritaram:
— Vamos, senão eles matam-te.
Eles, vamos supor que os das regras, das convenções, não há polícia capaz de reprimir um amor assim.

6.

Mas eles não vieram só por uma mulher e um homem, nem só por um encontro de amor, vieram porque esse amor estava envolvido, assim pensavam, numa qualquer conspiração. Por isso é que eu acho que tinham de ser os bascos, a Guardia Civil, a secreta, a PIDE, quem sabe se a CIA. O meu crime foi o de amar-te sem pedir licença ao partido, o teu foi o de partir sozinha para aquele encontro, quem sabe se a tua avó de Santander avisou a família basca, dividida entre o PNV, o Batasuna, a ETA, dizem que os bascos não gostam de ver as suas mulheres, mesmo as de parentesco distante, caírem em braços alheios, muito menos nos de um comunista português,

quem sabe os estranhos recados que chegaram aos ouvidos da ETA militar ou da secreta espanhola, vai tudo dar ao mesmo, eles também não fazem cerimónia, eles matam, matam-se, parece que queriam matar-me.
– Vamos, senão eles matam-te.
De certo modo já mataram. Não estive contigo na praia onde me esperavas. Não sei se voltarei a ver-te, apesar de não ter consumado nada e carregar comigo a suspensão de um encontro que só naquele dia, àquela hora, seria absoluto, total, irremediável.
Agora estou em Arzila. Em breve no Cairo. Depois Cartum. Verei lagos de sal, leitos de rios mortos, montanhas roxas. Atravessarei vários desertos, os de fora e os de dentro. Cada vez mais para o Sul.
Não sei se quero saber onde estás nem o que de facto aconteceu. Não sei se voltarei a sentir a tentação do Norte, para marcar um encontro numa praia onde os rochedos se vêem na maré baixa, quem sabe se tu ainda estás à espera, descalça na areia molhada, cabelos ao vento,

não mais que imagem que nada nem ninguém pode apagar, nem mesmo os que do carro me gritaram:

— Vamos, senão eles matam-te.

Mataram. Não sei quem eram, mas mataram.

7.

Uma noite, em Berlim Leste, acordei com uma jornalista no meu quarto, despindo-se e despindo-me. Eu tinha sido convidado para uma Conferência sobre a Amizade e a Paz entre os Povos. Queriam enfileirar-me no sistema. Mas apareceu a alemã. Disse-me que era de origem cigana. Tinha os cabelos presos numa espécie de carrapito. Tomámos um café e eu pedi-lhe para soltar os cabelos. Ficou admirada. Ou talvez assustada. Mas gostou. Contou que a mãe lhe tinha ensinado que era preciso cuidado com os homens do Sul.

Perguntei-lhe, em francês, se a mãe tinha conhecido algum.

Não respondeu e adoptou um ar distante, formal.
À noite estava na minha cama. O seu ser tinha-se amotinado.
Foi a minha noite mais intensa. Várias noites, sempre ao mesmo ritmo. Nunca tinha vivido nada semelhante. Creio que ela também não. Não digo que fosse amor, era um corpo a corpo, a descoberta do proibido e do sagrado. Cheguei a temer que pudéssemos morrer os dois.
A estadia estava a acabar e eu já nem aparecia na conferência. Fomos de mãos dadas até às Portas de Brandeburgo do lado Leste. E vi que ela tinha os cabelos soltos. Andava como quem dança. Lançava os pés para a frente, passos de bailarina. Estava triste. A uns duzentos metros das Portas, no meio de ruínas e matagal, encostei-a ao que sobrava de uma parede. Levantei-lhe as saias.
– *Tu es fou.*
– *Oui.*
Fizemos amor naquela terra de ninguém.

À noite começou a chorar. Pediu-me para ficar ali com ela.

– Estão à minha espera – disse.

– Tenho a certeza de que aqui podes ser muito útil ao teu país.

Mas eu já não estava ali. Senti um duplo remorso: por ela e por ti. Por ela, porque, apesar da intensidade daquelas noites, para mim estava acabado, embora eu soubesse que para ela não iria ser fácil.

Por ti, porque de repente voltaste em força e eu perguntei-me porque é que nunca nada de semelhante tinha acontecido entre nós. Sentia-me culpado. Como era possível que uma tão grande paixão nunca se tivesse concretizado? Mais: descobri que nunca tinha sentido o mesmo desejo por ti.

Seria só uma paixão de alma? Um amor abstracto? Será que tal existe? Como seria uma noite de amor entre nós?

Não me parecia que pudesse ser algo como aquele corpo a corpo com a alemã. Contigo, de certo modo, eu era virgem. O nosso corpo a corpo tanto podia levar-nos ao céu como atirar-nos para o inferno. Tinha de ser ainda mais intenso, tão intenso que nos levasse à dissolução de um no outro, amor e morte conjugados, um morrer e um nascer, não podia ser de outra maneira.

Mas isso era o que eu pensava, enquanto o avião subia e K., a alemã, já de cabelos soltos, chorava no aeroporto de Schönefeld, em Berlim Leste.

8.

Senhor Director:

Em resposta à sua carta relativa ao conto que pretende editar na revista que respeitosamente dirige, não posso ajudá-lo muito. Por um lado, parece-me que não é muito curial tentar perceber o que na obra de um autor é ou não ficção. Não digo verdade, nem realidade, já que, em meu entender, a ficção pode ir mais fundo que a realidade e ser mais verdadeira que a verdade, passe a expressão.

Não sei se sou ou não essa personagem sem nome de um encontro nunca materializado. Não tenho nenhuma avó materna em Santander nem conheço nenhum galego chamado Santiago.

A história, se assim se lhe pode chamar, que fez chegar ao meu conhecimento, é assaz mirabolante. Se o autor é quem suponho, ele procurou construir uma justificação para o irreparável erro da sua vida, que foi o de não ter levado com ele aquela de quem gostava. Sim, esteve quase a ser morto a tiro pela PIDE a caminho de um encontro que devia ter comigo, não numa praia, mas na fronteira, ao Norte. Ao norte do Norte, para falar como ele escreve. Não era um encontro de amor, pelo menos não era só de amor, mas político. Ele andava foragido, eu era então militante do PCP. Houve uma emboscada, dispararam sobre ele. Foi ferido. Conseguimos albergá-lo numa quinta perto de Freixo de Espada à Cinta, onde também se alojou um casal de clandestinos espanhóis. Estivemos lá cerca de um mês. E apaixonámo-nos. Ele disse que gostava de mim. Mas nunca consumámos nada, não dormimos juntos, não concretizámos o amor que sentíamos um pelo outro. Talvez pelo ferimento dele, ainda hoje tenho dúvidas se o atingiu no ponto mais sensível. Ou talvez porque ele tivesse medo de depender do amor. A PIDE acabou por localizar-nos e começou a montar o cerco. Saí eu em primeiro lugar para poder contactar os camaradas e organizar a passagem da fronteira. Então, sim, contámos com a ajuda de uma rede antifranquista da Galiza. Mas antes era preciso mudar de ponto de apoio. Eu esperaria por ele perto de Foz Côa. Às onze da manhã. Não junto à praia mas numa vivenda junto ao rio. Esperei um dia inteiro. Mas ele não apareceu. Deixou uma carta, que depois me entregaram, dizia que não podíamos partir juntos, as dificuldades e a adversidade, escrevia ele, citando o André Breton, iriam estragar ou matar o amor, blá-blá-blá, mais tarde ou mais cedo eu poderia ir ter com ele. Até hoje.

Se o autor é quem suponho, mas mesmo que seja, quem me garante que não esteja a inventar a própria vida, se é quem suponho, insisto, esta é a história, tal como aconteceu, ou talvez tal como eu quero recordá-la. Nem praia ao Norte, nem cabelos ao vento, nem um carro de onde lhe gritaram «Vamos, senão eles matam-te», nem bascos, nem galegos, nem Guardia Civil, que não ia entrar sem mais nem menos por aqui dentro. PIDE atrás dele, sim. E ele a faltar ao encontro comigo num sítio menos romântico do que uma praia ao norte do Norte.

Agora que tudo passou, há tanto tempo e tão depressa, caro senhor, às vezes ele telefona-me a pedir-me para nos encontrarmos no mesmo sítio. Não sei se na vivenda junto ao Côa, se na praia imaginária batida pelo vento, ao Norte. Nem sequer lhe pergunto. Apenas digo:

– Quando quiseres, ainda lá estou.

Mas sem lhe dizer onde.

9.

Ju.

Claro que sabes quem é o autor. Li a carta e acho que te apeteceu ficcionar. A tua avó nasceu mesmo em Santander. É certo que tudo ocorreu uns anos antes do que conto. Também é verdade que a PIDE me emboscou e acabei por esconder-me numa quinta junto ao Côa onde foste ter comigo. Havia um casal de espanhóis, eram bascos. Encontrei o homem uns anos mais tarde, num convento em Paris onde se acoitavam militantes nacionalistas bascos, apoiados por um padre meu amigo. Levou-me lá porque queriam ajuda nossa em Portugal. Não dei seguimento. Assustaram-me, o padre disse-me que eram da facção militar, apareceram de batina e encapuzados.

Mas não falhei a nenhum encontro contigo em Foz Côa. Parti de ali para a travessia da fronteira. Devia ter-te levado comigo. Mas não podia.

Por isso estou sempre naquela praia do Norte onde sei que me esperas de cabelos ao vento e, ainda hoje, assim mo dizem, continuas a passear descalça, mesmo em dias de tempestade. É aí que te vejo, para essa praia me leva sempre a escrita, sendo que tudo é mais real quanto mais abstracto, não mais que imagem, contigo dentro.

Tantos anos depois continuo a não resistir à tentação de estar sempre a partir para o único local do nosso encontro, uma praia batida pelo vento, ao norte do Norte, onde me esperas.

10.

Não, Alexandre, querido Sasha, isto não acaba assim, tem um belo efeito poético, talvez um pouco pífio, mas eu não te deixo sossegado e acho melhor entrar eu própria na narrativa. Não sabes se estou ou não à tua espera, muito menos onde. Claro que é interessante falar dos cabelos ao vento e da praia do Norte, nem sei dizer qual, é comovente ver-te a fazer de príncipe André e arrancar numa cavalgada heróica para não se sabe o quê nem onde, sei que o Anatole Kuragin (para ficarmos só em Tolstoi), que também trazes em ti, disparou sobre o pide que te feriu na margem do Côa, talvez viesses buscar-me, mas quando viste que tinhas atingido o teu perseguidor percebeste que tinhas de deixar-me para trás e passar a fronteira o mais depressa possível. Não é preciso inventares bascos, nem galegos, talvez quisessem matar-te, fizeste tudo por isso, não eram bascos, Sasha, reconheço que nesse dia tu foste o herói que sempre pensaste ser, criaste o irremediável, o não retorno, nem então nem nunca. Por isso não fabriques remorsos em relação a mim, assim que viste o pide puxar da arma e disparar (ainda não sei que espécie de ferida te fez), apontaste a calibre 12 e deitaste-o abaixo. Andavas às perdizes e chumbaste um pide. Talvez não pudesses fazer outra coisa, mas não me fales do remorso de não me teres vindo buscar, aquele tiro queimou as pontes todas, matou também a possibilidade de partirmos os dois, de vivermos o nosso amor e dormirmos na mesma cama, sabe-se lá se por algum tempo se até hoje, é possível que sim, creio que por mistérios e desígnios vários fomos feitos um para o outro. Apesar das voltas todas que a vida nos fez dar, tantos anos depois estamos, de certo modo, onde nunca deixámos de estar, cada um a pensar no outro, separados e nunca separados.

Vai-te lixar, Sasha, vai-te lixar mais a tua literatura, não era preciso inventares uma tentação no Norte nem uma conspiração que já passou, de quem já ninguém se lembra e a quem ninguém liga nada, querem lá saber da Resistência, cada um por si, o imaginário é outro, herói é quem andou a cortar orelhas em África ou quem está disposto a matar ciganos aqui, conta a tua história nas redes sociais e vais ver os nomes que te chamam. Já foste e já vieste. E assim se foi um tempo, uma cultura, um imaginário.

Se quiseres vir ter comigo não precisas de me pôr descalça numa praia do Norte, descalça e de cabelos ao vento, que é como estava ainda há pouco e vou voltar a estar depois de terminada esta, também tenho direito às minhas metáforas e a uma praia que talvez não exista lá onde tu dizes, ao norte do Norte, para ser mais bonito. Não se refaz a vida. O tipo sobre quem disparaste afinal não morreu, como já deves saber. Teve filhos e netos que talvez gostassem de ajustar contas contigo, já que com a instituição, a PIDE, as ditas ficaram por fazer.

Querias a luta armada e sonhavas ir ter com o Delgado para um novo desembarque no Mindelo. Afinal o único tiro foi disparado cá dentro, partiste por teres começado aqui uma luta armada que nunca mais recomeçaria. O pide acertou em ti, tu chumbaste o pide. Eu apanhei por ricochete. Não sei se mataste o amor, mas sei que liquidaste a possibilidade de vivermos juntos no tempo em que ele deveria ter sido vivido. Uma praia do Norte? Para quê?

Os velhos que somos não podem abraçar os jovens que naquele dia se separaram.

Eu, Ju, sou outra. E tu, meu querido Sasha, quem és? Quem dormiria com quem? Acho que te conheci como ninguém. Mas então tu ainda não tinhas saído do romance russo. Não morreste numa carga de cavalaria, disparaste contra um pide que te queria matar e foste

ferido quando, segundo parece, te preparavas para me vir buscar.
 Fiquei sempre à tua espera. Entretanto casei-me, agora estou outra vez solta. Quantas mulheres deixaste tu pelo caminho, antes dessa tentação literária de vir ter comigo a uma praia do Norte?

11.

Olha, Ju, eu enviei o esboço de um conto, o início de uma narrativa poética, ou quase, como queira chamar-se-lhe. Não dizia o teu nome nem o meu, não estava a contar nenhuma história, a menos que em tudo o que escrevo, por mais ficcionado que seja, eu esteja sempre a contar uma história que nunca existiu e a falar de duas pessoas que se encontraram e não se encontraram, tu e eu. O Director da revista não tinha nada que se intrometer. Ao responderes-lhe estavas a dirigir-te a mim. Se calhar foi o que ele quis. De modo que um texto que não chegava a ser um conto começou a transformar-se num enredo.

Convém, no entanto, não efabular demais. Sei muito bem que não matei ninguém com aquela calibre 20, e não caçadeira calibre 12. Vi uma perdiz a voar em direcção ao rio, apontei mas, quando ia a atirar, senti uma grande pancada no flanco esquerdo. Tinha sido alvejado. Vi, então, um tipo de carabina na mão direita, fazendo pala com a esquerda, para tentar localizar-me. Meti a arma à cara, disparei e tive sorte, acertei-lhe em cheio numa das pernas. O homem caiu, largou a carabina e agarrou-se à perna direita com as duas mãos. E então reparei que estava a sangrar e que era eu o ferido mais grave: um tiro no baixo-ventre, junto ao flanco esquerdo.

Alertados pelos tiros, vieram ver o que se passava. Já eu estava meio tonto. Depois desmaiei. Tinha febre, delirava, talvez por isso as voltas pela serra d'Arga de que já falei, a ida até Matosinhos, os tipos do carro, a viagem para Arzila, na realidade eu estava a ser levado para outro ponto de passagem e só dei por mim em casa do médico antifascista de Pontevedra, que me mostrou a bala presa por uma pinça, parecia um filme. Bala de carabina. Diga-se. Foi um tiro para matar.

Mas olha, Ju, nunca ficou esclarecido quem guiou a PIDE até àquela margem do Côa. Lembro-me de ouvir uma voz em espanhol. Estaria a deixar que o pide disparasse sobre mim? Voz de quem? De um basco, de um galego, de um polícia espanhol? Tarde demais para saber. Sei que fui ferido e, ao contrário do que dizes, já não estávamos juntos. Pensava ir ter contigo para passarmos a fronteira. Com uma bala no corpo não foi possível. Um tiro de um pide. Não de pistola mas de carabina. Emboscada preparada com a ajuda de alguém. Esta é a verdade, se é que tudo não é ficção de ficção, fruto do muito imaginar. Mas não. Foi assim. Não se esquece uma emboscada nem um tiro. Nem uma voz de espanhol a avisar o pide, armado de carabina, em vez de pistola, o que não era usual. Foi um atentado político? Ou um ajuste de contas disfarçado?

Sabes tão bem como eu que havia um galego chamado Santiago apaixonado por ti. Não vou dizer que foi ele, mas não excluo que a secreta espanhola tenha vindo dar uma mão à portuguesa.

Uns anos depois casaste com um espanhol, parece que teria sido um primo basco. Não por muito tempo, ele foi executado pela ETA, sob a acusação de ser informador da polícia espanhola e também da PIDE, embora não se possa acreditar no que eles dizem. Mas também não sei se chegaste a casar. Custa-me a crer.

Seja como for andam bascos, galegos e castelhanos dentro desta prosa que não passa de um esboço, uma tentação poética de encontrar-me contigo naquela praia que, já sabes, é sempre ao norte do Norte.

12.

Alexandre, meu querido Sasha, talvez um dia descubras que estamos juntos há muitos, muitos anos, não me casei com nenhum basco, estou aqui sentada ao teu lado, embora me pareça que continuas a atravessar fronteiras, ferido em qualquer ponto obscuro da tua alma.

Não sei quem procuras, se o que fui ou quem fomos ou se tu mesmo, o outro, ou talvez a outra, a que não existe a não ser na tal praia batida pelo vento, ao norte do Norte.

13.

Era um velho muito velho, apoiado a uma bengala, curvado quase até à cintura. Passou à minha frente, na Praça da Figueira, à entrada da Rua dos Correeiros.
– Então? – disse numa voz rouca.
– Então o quê?
– Não me conhece?
– Peço desculpa, não estou a ver...
– Pois não, naquele dia também não.
– O senhor deve estar a confundir-me com outra pessoa.
– Não estou não.
– Acho que está.
– Oiça, Outubro de 1966, na margem direita do Côa.

Fixei-o atentamente, mas não, não podia ser o pide da carabina na mão que vi a rebolar pela encosta depois de ter disparado sobre ele, logo que fui atingido.

– Não sei quem é e não me interessa falar consigo.

– Pois não. Foi você que me pôs neste estado e fui eu quem o tentou abater, pelos vistos falhei, o tiro acertou bastante mais abaixo.

– A PIDE foi dissolvida.

– A PIDE sim, mas não eu, nem muitos outros.

– Tenho pena de não ter acabado consigo.

– Não podia, atirou com chumbo 7. Mas não se exalte, se quer que lhe diga, até estamos numa situação parecida.

– Oiça, vá à sua vida.

– Esta é a minha vida. Você não me matou mas fez de mim um aleijado.

– Vocês foram tratados com muita tolerância.

– Pudera. Havia muita gente comprometida.

— Pide é pide e não estou para o aturar.

— Não é tão vencedor como pensa. Eu explico: os extremos são sempre incómodos, perdem sempre, mesmo os que ganham. Eu era da PIDE, defendi o regime. O senhor era resistente, digamos assim, combatia contra o regime. Agora é tudo outra gente. E nós, meu caro senhor, estamos na margem, cada um na sua. Nem vencedores nem vencidos. Era só o que lhe queria dizer.

— O senhor não tem vergonha na cara. Devia ser preso.

Ele riu-se.

— Já prescreveu.

14.

E nós, Ju? Será que o nosso encontro já prescreveu? Apeteceu-me ir atrás do homem, obrigá-lo a falar e a dizer-me quem me denunciou. Depois lembrei-me de ter andado a pregar que os perseguidos não deveriam transformar-se em perseguidores. Mas há um ponto em que ele tem razão. Num confronto assim tão longo, os mais radicais de um lado e do outro acabam por tornar-se incómodos, quer para os que viraram a casaca e tentam adaptar-se à nova ordem, quer para os que tendo lutado toda a vida atrapalham os que se limitaram a esperar. Aquele sacana que me quis matar está tão marginal como eu que fiz dele um aleijado.

15.

Sabes? Não consigo libertar-me das avenidas das grandes cidades à noite. Paris, a caminho de Saint-Ouen, Berlim, Unter den Linden, era então que me sentia mais longe e mais perto. Caminhando pelo gosto de caminhar ou porque não tinha outra casa senão o espaço imenso das cidades onde ninguém me conhecia.

Só em Roma era diferente. Havia a luz, o falar alto, o riso, o vinho. Era talvez por algo assim que ainda lutava. Talvez em Lisboa, um dia. Mas ao ver o pide desaparecer, curvado sobre si próprio, senti que ele levava um pouco da minha vida e de tudo o que durante tanto tempo me tinham tirado. Ainda por cima a rir-se de nós.

Prescrever? Nada prescreve. Nem devia ter-te perguntado. Gostava que soubéssemos contar-nos sem efabulações, mas nada é linear, ora é sim ora é não, mistura-se o real e o imaginário, releio o que escrevi e já não sei o que foi e o que não foi, o que é e não é, chego a perguntar se realmente aconteceu. Mas não desisto do nosso encontro. De vez em quando, há-de irromper em mim o impulso inevitável e então partirei, porque sei que estás lá, entre mar e vento, numa praia, ao Norte.

Manuel Alegre de Melo Duarte
Março de 2021

OBRAS DE MANUEL ALEGRE
NAS PUBLICAÇÕES DOM QUIXOTE

PRAÇA DA CANÇÃO
(1965, poesia)

O CANTO E AS ARMAS
(1967, poesia; 2017, edição definitiva)

UM BARCO PARA ÍTACA
(1971, poesia)

ATLÂNTICO
(1981, poesia)

JORNADA DE ÁFRICA
(1989, romance)

O HOMEM DO PAÍS AZUL
(1989, contos)

VINTE POEMAS PARA CAMÕES
(1992, poesia; 1.ª edição com ilustrações de David de Almeida;
2016, 2.ª edição revista)

SONETOS DO OBSCURO QUÊ
(1993, poesia)

COIMBRA NUNCA VISTA
(1995, poesia)

30 ANOS DE POESIA
(1995, poesia)

ALMA
(1995, romance)

AS NAUS DE VERDE PINHO
(1996, infanto-juvenil; com ilustrações
de Afonso Alegre Duarte)
Prémio de Literatura Infantil António Botto

CONTRA A CORRENTE
(1997, discursos e textos políticos)

SENHORA DAS TEMPESTADES
(1998, poesia)
*Grande Prémio de Poesia da APE;
Prémio da Crítica Literária, atribuído pela Secção Portuguesa
da Associação Internacional de Críticos Literários*

ROUXINOL DO MUNDO: DEZANOVE POEMAS
FRANCESES E UM PROVENÇAL SUBVERTIDOS
PARA PORTUGUÊS
(1998, poesia – edição bilingue)

A TERCEIRA ROSA
(1998, romance)
Prémio Fernando Namora

OBRA POÉTICA
(1999, poesia)

LIVRO DO PORTUGUÊS ERRANTE
(2001, poesia)

ARTE DE MAREAR
(2002, ensaio)

CÃO COMO NÓS
(2002, novela)

RAFAEL
(2004, romance)

O QUADRADO
(2005, contos)

UMA ESTRELA
(2005, infanto-juvenil; com ilustrações
de Cristina Valadas)

SETE SONETOS E UM QUARTO
(2005, poesia)

O FUTEBOL E A VIDA
(2006, crónicas)

DOZE NAUS
(2007, poesia)
Prémio D. Dinis

BARBI-RUIVO – O MEU PRIMEIRO CAMÕES
(2007, infanto-juvenil; com ilustrações de André Letria)

NAMBUANGONGO, MEU AMOR
(2008, poesia)

POESIA – VOLS. I E II
(2009, poesia)

O PRÍNCIPE DO RIO
(2009, infanto-juvenil; com ilustrações de Danuta
Wojciechowska)

O MIÚDO QUE PREGAVA PREGOS NUMA TÁBUA
(2010, novela)

NADA ESTÁ ESCRITO
(2012, poesia)

TUDO É E NÃO É
(2013, romance)

PAÍS DE ABRIL – uma antologia
(2014, poesia)

BAIRRO OCIDENTAL
(2015, poesia)
Grande Prémio de Literatura dst

UMA OUTRA MEMÓRIA
(2016, ensaios e crónicas)

AUTO DE ANTÓNIO, ÚLTIMO PRÍNCIPE DE AVIS
(2017, poesia)

TODOS OS POEMAS SÃO DE AMOR – antologia
e nove poemas inéditos
(2018, poesia)

OS SONETOS – uma antologia
(2019, poesia)

AS SÍLABAS DE AMÁLIA
(2020, poesia)

QUANDO
(2020, poesia)
Prémio Nacional de Poesia António Ramos Rosa

TENTAÇÃO DO NORTE
(2021, novela)